鬧鬼圖書館3

幕後搞鬼

愛倫坡獎得主桃莉‧希列斯塔‧巴特勒作品

范雅婷 ◎ 譯

晨星出版

幽靈語彙

膨脹
幽靈讓身體變大的技巧

發光
幽靈想被人類看到時用的技巧

靈靈棲
幽靈居住的地方

穿越
當幽靈穿透牆壁、
門窗和其他實物時的技巧

縮小
幽靈讓身體變小的技巧

反胃
幽靈肚子不舒服時會有的狀態

踏地人
幽靈用來稱呼人類、
動物等他們視線無法穿透的物體

嘔吐物
幽靈不舒服吐出的東西

飄
幽靈在空中移動時的動作

哭嚎聲
幽靈為了讓人類聽見所發出的聲音

第一章

幽靈技巧

「布穀、布穀……」

「凱斯！」貝奇提高了聲調，「你有沒有聽到我說的話啊？」

凱斯確實聽到了，但是他剛才聽到的是圖書館通廊的布穀鐘報時聲，而不是貝奇說的話。

「小鬼，你到底怎麼了？」貝奇在工藝室內四處飄動時問道：「你為什麼這麼容易分心？」

凱斯咬咬下唇，「克萊兒晚回家了。」他說。

　　克萊兒是踏地人，她跟家人住在一間圖書館樓

上的房間裡，她看得見像是凱斯和貝奇這樣的幽

靈，即使他們沒有在發光。幽靈沒有發出哭嚎聲，

她也聽得到他們的聲音，沒人知道原因為何。

　　最重要的一點，就是克萊兒和凱斯是朋友。凱

斯和克萊兒最近在一起的時間不多，因為克萊兒上

週開始去學校上課了，她要到下午三點二十分才會回到家，但是現在已經四點了，克萊兒從不曾這麼晚回家過。

「要是她發生了什麼事，該怎麼辦？」凱斯說。

「我確定她不會有事的，」貝奇說。「反而是她晚一點回家你才要開心，這樣你就有多一點時間可以練習幽靈技巧。」

凱斯哀號了一聲，貝奇在克萊兒去學校後開始幫凱斯練習他的幽靈技巧，他說凱斯的技巧丟光了所有幽靈的臉。

「不准發牢騷！」貝奇大聲地說：「我們繼續練習，你要專心才能撿起踏地物品，所以你拿踏地物品時必須把能量傳到手上，看好了！」貝奇專注

地盯著整面書架上的書。

凱斯看著貝奇從書櫃**慢～慢～地**抽出一本紅皮書。

「除了集中精神拿起物品，你不能分神想別的事，」貝奇說，他的眼睛還盯著手上拿的那本書，「如果你一恍神，踏地物品就會掉下來。」

那本書穿過貝奇的手滑落，掉在地板上，發出了很響的**咚**一聲。

凱斯的幽靈狗狗科斯莫因為嚇到而吠了一下。

「現在試試看把那本書拿起來。」貝奇對凱斯說。

凱斯想要學會撿起踏地物品，如果他能學會這項技巧，那他就可以跟克萊兒玩紙牌或桌上遊戲了，他就能握住自己的紙牌或是拿起棋子。

凱斯伸長手臂，踢了踢雙腳，然後往下飄向那本書。

「啊啊啊啊啊啊！！！」當手穿過書本時，他放聲尖叫。

「不准尖叫！」貝奇命令：「專心！」

凱斯專注地盯著那本書，就像貝奇那樣，然後他咬緊牙關再次伸手去拿⋯⋯

他的手又穿過了書。

「你還不夠專心。」貝奇說。

「我很專心了，」凱斯甩甩手說道，他討厭踏地物品穿過身體的感覺，「但是這太難了。」

況且貝奇還不是個有耐心的老師，不像是凱斯的父母或祖父母，甚至是他的哥哥芬恩。

凱斯嘆了一口氣，他想念家人，他已經好久沒

看到他們了，之前和家人一起居住的那棟舊校舍被人拆除了，所有幽靈都被風吹往不同的方向，在那之後他就一直沒再見過家人了。

「再試一次。」貝奇說。

凱斯累了，他很不想再試一次，但是還是照做了。

撿起來，撿起來，撿起來……，他命令自己的雙手，他已經盡其所能地集中精神，沒有辦法再更專注了。

那本書仍舊沒一點動靜，他的雙手直接穿過了書本。

「啊哈！」門口傳來一個聲音，「我就知道你一定會在這裡。」

凱斯轉了一圈，「克萊兒！」他鬆了一口氣地

說：「妳回到家了！」也許他現在終於能休息一下，不用再練習幽靈技巧了。

克萊兒把包包放在房間中央的桌上，然後踏著輕盈的步伐走向凱斯和貝奇。凱斯喜歡聽克萊兒的腳踏在地板上的聲音。

「抱歉，我晚回家了。」克萊兒邊說邊彎腰拍了拍科斯莫，手穿過了凱斯的幽靈狗狗。

科斯莫搖著尾巴，伸舌頭舔了舔克萊兒。克萊兒養的貓索爾從門口看到了這一幕，牠好像不太喜歡克萊兒關心科斯莫的樣子。

克萊兒沒有注意到索爾的神情，「我跟你們說喔，」她對著凱斯和貝奇說道：「我的學校要表演一齣話劇，他們選了《傑克與魔豆》，還有另一件事⋯⋯」

克萊兒激動地喊出來：「我拿到了一個角色！」她一邊高聲尖叫，一邊在房裡蹦來跳去，「我可以演媽媽。」

「太棒了，」凱斯說，他喜歡話劇，他和哥哥弟弟之前在舊校舍時，也會在父母和祖父母面前演話劇。「恭喜妳！」

「謝謝。」克萊兒燦爛地笑著。

貝奇輕咳了一聲。

「你們在做什麼？」克萊兒問。

「我想教凱斯拿踏地物品，」貝奇說，「不過我放棄了，他根本不能專心，現在妳回到家了，他就更不可能專心了。」貝奇穿過書櫃，到他的祕密房間後消失了。

凱斯不曾看過貝奇的祕密房間是因為……他不會說自己不能穿過牆面，但是他真的非常不喜歡做這件事。

「我剛才很專心好不好！」凱斯大聲地在貝奇身後喊道。

「不要擔心他，」克萊兒說，一邊撿起地上的書放回書櫃。「總有一天你會學會如何拿起踏地物品，我知道你辦得到。」

凱斯不確定自己是否能辦得到。

「我還有另一件事要跟你說。」克萊兒眼睛一亮。

「什麼事？」凱斯問。

克萊兒靠向凱斯，「我覺得學校裡有別的幽靈。」

「真的嗎？」凱斯的心臟砰砰跳著，「是我家族裡的其中一個嗎？」

凱斯和克萊兒建立偵探社的理由，就是克萊兒

想要解決神祕事件，而凱斯想要找到家人。目前他們只找到了科斯莫，而且還是碰巧的意外。他們在追查比斯里太太的閣樓鬧鬼事件時，剛好遇到了科斯莫。

克萊兒拉開背包，「我不知道。」她抽出一本筆記本，她有好幾本，其中一本紀錄著為了解決神祕事件的線索，另一本則是紀錄她看過的所有幽靈，凱斯很肯定她拿出的是幽靈記錄本。

「看到幽靈的不是我，」克萊兒說，一邊打開筆記本，「是這個叫做強納森的男生看到的，他也有演話劇，他飾演傑克！」

「他看到什麼了？」凱斯問。

克萊兒看著筆記本大聲地唸出來：「週二，十月十號，巴德小學，強納森・畢司比，四年級生，

他宣稱自己看過幽靈飄過舞台布幕，然後在學校禮堂飛來飛去。」

「幽靈才不會飛，」凱斯說，「我們是用飄的。」

克萊兒記錄下這一點。

「強納森還說了什麼？」凱斯問。

「只有這樣，」克萊兒讓凱斯看了她的筆記

本，「我沒有跟他講到話，他試鏡完後就走了，可能是因為沒有人相信他。」

當踏地人說自己看到幽靈時，大家都不相信，凱斯不知道原因是什麼。

「我覺得我們應該要調查一下，」克萊兒說，「明天你應該要跟我一起去學校，然後看看你能不能找到那個幽靈。」

「什麼？真的嗎？」凱斯問，他從沒想過自己可以和克萊兒一起去學校。

「當然可以，為什麼不行？」克萊兒說，「我可以把你放在水壺中，就像我們在調查比斯里太太的閣樓時一樣。你覺得如何？」

「當然好啊！」凱斯驚呼出聲，跟著克萊兒去學校就代表了：

（1）可以從貝奇的幽靈技巧課休息一天。

（2）跟克萊兒相處的時間變多。

（3）也許可以找到他的家人！

凱斯好期待明天的到來！

第二章

出發上學

「不可以。」隔天早上，貝奇和凱斯在克萊兒房間附近飄盪時說。克萊兒正在浴室刷牙。「你在這邊還有課要上，怎麼可以跟著踏地小女孩一起去學校閒晃。」

「我練習的進度還不錯啊。」凱斯說。

「是嗎？」貝奇挑眉說，「你會發光了？你會發出哭嚎聲了？可以穿越或是用手拿起踏地物品了？凱斯，這些技巧不是自然而然就可以學會的，

你要練習。」

　　「我知道，」凱斯說：「而且我也會練習。」

　　「什麼時候？」貝奇問。

　　「之後再練習。」凱斯說。

　　克萊兒輕快地回到她的房間。「凱斯，你準備好了嗎？」她扭開水壺的蓋子然後舉向凱斯。

　　貝奇雙手抱胸，不太高興。

　　「我一定要跟克萊兒去學校，」凱斯對貝奇說道：「我們還有案件要解決，這可以幫我找到家人。」雖然說他並不需要貝奇的允許才能做這件事，因為貝奇不是他的父母，也不是凱斯的祖父母。

　　「隨便你，去吧。」貝奇揮了揮手，「我們之後再練習這些技巧！」

「沒問題。」凱斯說，他把身體縮小到水壺裝得下的尺寸，克萊兒把瓶蓋扭緊，然後抓起她的背包衝下樓梯。

「奶奶，再見。」克萊兒抓住門把時喊道。

「親愛的，祝妳有個美好的一天。」凱倫奶奶走到圖書館通廊時這麼說道，克萊兒的奶奶是這裡的圖書館員，她長得很像凱斯的奶奶，除了她頭髮上的一撮粉紅色挑染以外，而且她也不是幽靈。

「妳的幽靈朋友在瓶子裡嗎？」凱倫奶奶仔細看著克萊兒掛在肩膀上的水壺。

克萊兒的奶奶看不見凱斯，但她知道他的所有事，也知道就算幽靈沒有發光，克萊兒還是看得到他們。

凱倫奶奶在克萊兒的年紀時，也看得見幽靈，但是現在再也看不見他們了，她也知道克萊兒想要幫助凱斯找回家人。

克萊兒的父母對此一點也不知情，他們是偵探，但是兩人常常不在家，因為他們自己也有大案子要解決。不過他們的案件都跟幽靈無關，他們不相信有幽靈這件事。

「學校裡還有一件案子等著我們去解決，」克萊兒告訴她的奶奶，「有人在那邊看到了幽靈，所以我們想去看看是不是凱斯家族中的一人。」

「真是令人振奮呢！」凱倫奶奶說，她看著凱

斯頭頂上方的位置說：「我希望你能找到你的家人，凱斯。」

克萊兒舉起她的水壺，好讓凱斯可以更清楚地看到凱倫奶奶。

「我也是。」凱斯說，雖然他知道凱倫奶奶聽不到他說的話。

＊　＊　＊　＊　＊　＊　＊　＊　＊　＊

克萊兒的學校比舊校舍大多了，而且也更吵！凱斯必須用手把耳朵搗起來才聽不到那些踏步聲、說話聲和關門聲。

克萊兒停在一格格金屬櫃子前，她把裝著凱斯的水壺放在地上，然後脫下外套。

「**啊 ── ！**」幾雙大腳從他身邊走過，凱斯大叫了出來，「快點把水壺拿起來，克萊

兒，**快點讓我上去！**」他用雙手抱頭。

「怎麼了？發生了什麼事？」克萊兒舉起水壺。

克萊兒旁邊的男生詫異地看了她一眼。

凱斯知道在其他踏地人面前跟克萊兒講話，必須小心一點。如果她回應了凱斯，其他踏地人會猜

想她在跟誰講話，他們會覺得克萊兒很奇怪。

但是凱斯沒辦法克制住自己，「這些腳，」他從指縫中偷偷瞥一眼，「我很怕有人踩到我，或是把我踢到走廊上。」

克萊兒壓低聲量，「好吧，我把你放在我的置物櫃裡面。」她把裝有凱斯的水壺從地板移到打開的置物櫃裡，「好多了嗎？」

「對，好太多了。」凱斯說。

克萊兒把外套掛在凱斯頭頂的鉤子上，然後又拿起水壺。「好了，」她開心地說，一邊把蓋子扭開，「該去找幽靈了。」

凱斯蜷縮在水壺的一角，「我待在這裡就好。」他說。

「待在水壺裡？那你永遠都找不到幽靈了。」

克萊兒說。

　　凱斯不在乎，克萊兒的學校太吵、太亮、太擁擠了。凱斯知道如果他跑出水壺外，所有的踏地人就會直接穿過他的身體，他最討厭踏地人穿過身體的感覺。

　　「別忘了，那名幽靈有可能是你的家人喔。」克萊兒說。

　　凱斯嘆了一聲，他的確很想找到自己的家人。

　　「我會把你帶到禮堂去。」克萊兒關上金屬櫃門，然後凱斯驚嚇得跳了一下。「那邊比較安靜，而且還有昨天說看到幽靈的強納森也會在那裡，所以會是個開始調查的好地方。」

　　「禮堂是什麼？」凱斯問。他曾聽克萊兒用過這個詞，但是他從來都不知道那是什麼東西。

「那裡就是我們吃午餐、集合和表演話劇的地方，」克萊兒說，「那邊還有個大舞台和所有的設備。」

凱斯只能憑空想像。

克萊兒帶著凱斯走進一間有著很多桌子和椅子的大房間，真的比走廊安靜許多。

禮堂的其中一面牆還有看起來好像能走上另一間房的樓梯，一面紅色的大布幕幾乎遮蓋住整個房間，那邊可能就是舞台。有兩個踏地人在舞台旁說著話，其中一人是個大人，另一人和克萊兒與凱斯的年紀差不多。

「那個是強納森嗎？」凱斯朝著年輕踏地人點著頭問道。

「不，他的名字應該是安迪，」克萊兒壓低聲

音,「他是個六年級生,負責話劇的燈光和音效。」

凱斯心想:**負責燈光和音效是什麼意思?**

「那個留了鬍子的男人是哈特霍恩老師,」克萊兒繼續說,「他是五年級生的老師,也是我們的話劇指導老師。」

哈特霍恩老師一直在講話,而安迪只是不斷地點頭。

鈴——!鈴——! 響徹學校的鐘聲

從兩人頭上傳來。

「為什麼有鐘響的聲音？」凱斯問，用手摀住耳朵，「還有為什麼這個聲音這麼**大聲**？」

「因為我該去上課了，」克萊兒和凱斯說，「你真的想要整天待在水壺裡嗎？還是想去找找幽靈？」

凱斯知道他不該像個膽小鬼，他為了要找到家人才跟著克萊兒來到學校的。

凱斯艱難地吞下一口口水，「我會去找幽

靈。」他勇敢地說，一邊往上飄出水壺。

　　「很好，」克萊兒說，「如果你需要找我，我會在 125 號教室。」

第三章

搜索幽靈吧！

「這部話劇中，我們會用到什麼特殊效果

嗎？」凱斯在附近晃來晃去的同時，

安迪這樣問了哈特霍恩老師。

「特殊效果？」哈特霍恩老師搔了搔下巴。

「對，像是煙霧或是暗門之類的。」安迪說，

他在凱斯飄近他時打了寒顫。

哈特霍恩老師笑笑地說：「不用，我們只要燈

光和音效就好了，不用在《傑克與魔豆》裡用到暗

門。我想這部話劇裡的演員大部分也都不曉得舞台上有暗門，況且為了安全起見，我也不希望跟他們說。」

「好。」安迪嘟嚷了一聲。

「我帶你看一下控制室，快！要在第二次鐘響前。」哈特霍恩老師說，他們很快地走到了禮堂的後台。

凱斯飄在他們身後。

哈特霍恩老師用鑰匙打開了小房間的門，然後他們踏進裡面，凱斯在門口旁徘徊，他看到一個長桌，上面放著一台有很多按鈕和旋鈕的機器。按鈕和旋鈕上方有一扇窗可以看到禮堂，後方的牆上還有另一扇門，可能是衣櫃。

「你會使用設備嗎？」哈特霍恩老師問。

「我知道，」安迪回答，「雖然我想要負責燈光和音效，但是我週一和週三還有足球課要上，我每次排練都需要來嗎？」

「只有話劇表演那一週才需要。」哈特霍恩老師說。

凱斯往後飄出了控制室。

「媽媽？爸爸？奶奶？爺爺？」他在禮堂四處飄盪，口中喊著：「芬恩？小約翰？你們在這裡嗎？」

凱斯注意到禮堂側牆有另一間房間，一道光從打開的門縫透出來，而且凱斯聞到奇妙的味道，好像是食物之類的東西。

幽靈不需要食物，但是凱斯跟克萊兒的家人待在一起的時間太久了，所以知道踏地人其實很常吃

食物，有時一天甚至吃超過三次。

凱斯飄進房間，接著學校鐘聲又響了，但是在這間房間的踏地女士對鈴聲毫無反應，她們忙著翻動火爐上鍋子裡的東西，還有討論自己的孫子。凱斯看了她們一會兒，但是廚房外頭移動的腳步聲引起了他的注意，他又飄回到禮堂，那陣腳步聲從舞台上，厚重的紅色布幕後方傳來。

「哈囉？」他飄到布幕旁，「有人在這裡嗎？」

凱斯不想穿越布幕，所以他往下飄，從布幕下方鑽過去，在第一層布幕之後，原來還有更多布幕，整個舞台被黑色和金色的布幕圍繞著。

凱斯聽到了更多的腳步聲，還有物品摩擦的聲音。

他跟著聲音來到了舞台後方的小房間，有個好像畫成屋子的大型板子，斜靠在房間外的牆上。房間裡的箱子疊得高高的，有兩個跟凱斯和克萊兒年紀差不多的踏地小女孩正在折衣服，並把衣服放進地上的箱子裡。

　　「真不公平，」矮個的女孩抱怨著，她臉頰上有點點雀斑，「我每年都會試鏡，但是從來不曾拿到角色，總是當幕後工作人員。」

「我喜歡當幕後工作人員，」另一個女孩說話時把長髮撩過肩膀，「這比在台上演出還要記台詞好多了，而且哈特霍恩老師也會讓妳不用上課來打掃儲藏室。」

有雀斑的女孩皺皺鼻子，「我比較想要在台上！」說話的同時，把箱子推到房間的另一頭。

凱斯立刻閃開她。

「況且，」有雀斑的女孩繼續說，「哈特霍恩老師讓我們蹺課只是因為他不想自己整理儲藏室！」

「嗯，如果妳不想幫忙，那妳可以回去上課啊。」另一個女孩說。

兩個女生接下來就一聲不響地繼續整理。

顯然那裡沒有其他幽靈，所以凱斯又從布幕底

下鑽回禮堂，他到處看了看，這裡也沒有其他幽靈的跡象。

他飄到打開的門，然後伸長他的頭，從門縫擠進走廊，凱斯沒有看到其他幽靈，或踏地人。

他晃到走廊，「媽媽？爸爸？」凱斯呼喊著。

有些教室的門開著，有些則是關著，他飄到一扇關起來的門旁，然後從窗戶往裡面偷看，他看到一些踏地小孩坐在桌子前讀著書。

他巡視了走廊另一頭的教室，然後看到更多踏地小孩，正在用白色小方塊蓋房子，克萊兒喜歡把這些小方塊放進她的熱巧克力裡，但是凱斯記不得這些方塊的名稱。

走廊盡頭傳來了音樂聲，是一台鋼琴，還有一些會發出低沉蹦蹦聲的樂器。

凱斯飄向那間教室，他看到一名踏地小男孩敲著銀色三角鐵，舊校舍裡也有三角鐵，有時候爺爺會表演給凱斯聽。

　　想起爺爺讓凱斯心痛，也讓凱斯想起他來這裡的目的是為了找幽靈，不是來聽音樂，所以他又回到了走廊。

　　繞了一圈來到圖書館，凱斯知道這是一間圖書館，因為裡面有書、桌子、椅子、沙發和電腦。

　　凱斯飄到一群踏地小孩的上方，這些小孩在不同的桌子上做事，有些小孩面前放著攤開的書本，有些正在筆記簿上寫字，就像克萊兒一樣，有些正在電腦上打字，而有些只是單純在聊天。

　　忽然間，凱斯聽到身後有一個女孩的聲音：「嘿，幽靈男孩！」

凱斯轉了一圈，那個女生是在說他嗎？難道她看得見他？

不，他錯了。

她是對著一個獨自坐在桌子前看書的金髮男孩說話。

「你最近還有沒有看見幽靈啊？」那個女孩從他背後戳了戳他，然後急忙跑走，她的兩個朋友還在一旁咯咯地笑著。

男孩的臉開始漲紅。

那個男生看得見鬼嗎？凱斯心想。**那個男孩就是強納森？昨天告訴克萊兒他看到學校裡有幽靈的男孩？**

凱斯飄到男孩旁打招呼：「哈囉？」，同時盯著男孩的眼睛。

「你看得見我嗎？你聽得到我嗎？」

男孩在書上翻了一頁，他看來不像看得見或聽得到凱斯的樣子。

那為什麼那個女孩要叫他「幽靈男孩」呢？

凱斯注意到地上有團皺巴巴的紙，就在男孩的腳旁。他在皺摺的一角看到了兩個字：*幽靈*。

那是線索嗎？會不會是男孩在這張紙上，寫了關於他看到的幽靈呢？

凱斯試著打開紙條，但是他的手穿了過去。

他哀號了一聲。

凱斯幾乎聽到貝奇在耳邊要他集中精神，他試著集中精神，用力地**盯**著紙團，盯到眼前一片模糊。然後咬緊牙關，伸出手試著再打開一次紙團。

他的手再度穿過了紙團。

「如果你們想要借書，就拿著書到康柏太太這裡，」一個踏地大人說，「我們差不多該回教室了。」

那個「幽靈男孩」抓起紙團，丟進裝著其他紙堆的垃圾筒裡。然後跟著大桌旁的一群小孩離開。

現在凱斯永遠都無法知道這張紙的內容了。

第四章

與「幽靈男孩」的談話

凱斯一直想著那個紙團，那也許是重要的線索，但是他沒辦法撿起紙團，也不能打開它。雖然他在垃圾桶上方飄著，但凱斯甚至不能確定他好奇的紙團是哪一個了。

要是他錯失了重要線索怎麼辦？

也許克萊兒可以幫忙，她說過她會待在 125 號教室，凱斯只要能找到 125 號教室，然後告訴克萊兒紙團的事，她就能找出對的紙團，並打開來看是

不是重要的線索。

凱斯仔細看著貼在每間教室門外的數字：
108……110……112。看來克萊兒的教室不在這個
走廊上，他轉往另一個方向飄去：120……122……
124，就在走廊的另一邊，他看到了 125 號教室。
凱斯飄過去，但房間裡沒看到踏地人，只有一排排
的空桌子。

克萊兒在哪裡？凱斯很肯定她提過會待在
125 號教室。難道她迷路了嗎？還是她離開學校了
沒有帶上他？**她不會這麼做的？是吧？**

凱斯不知道該怎麼辦才好，所以他在 125 號教
室外面飄蕩，心想也許克萊兒會回到教室。

他等著、然後等了又等……

過沒多久，走廊盡頭傳來聲音，抬頭一看就看

到了一排踏地小孩朝他的方向走過來。克萊兒就走
在一名踏地大人的身後，是隊伍中的第二個。

「克萊兒！」凱斯喊著，飄向她身邊，「妳一
定要跟我來，我想我在圖書館找到線索了，但是我
無法打開它。我可能也找不到那個線索，因為它被
丟在都是紙團的垃圾桶裡，快點過來！」

「我不能跟你去，」克萊兒用嘴型示意凱斯。

「我必須要待在班上。」

「什麼？為什麼？」凱斯問。

克萊兒沒有回答他，有其他踏地人在場時好難跟克萊兒說話。

凱斯跟著克萊兒飄進 125 號教室，一路飄到教室中間的書桌。當克萊兒一坐下，她馬上舉起一隻手來。

凱斯在克萊兒的手快要穿過他身體時立刻躲開了。

「蓋薇爾老師？」克萊兒說。

「有什麼事嗎？」站在教室前方的踏地大人說。

「我可以去上廁所嗎？」克萊兒問。

「快點去吧，」蓋薇爾老師說，「其他人把數學課本拿出來。」

當克萊兒迅速地從座位上起身快步走向門口時，教室內響徹掀開書桌的吱嘎聲。

凱斯飄在克萊兒身後。

「記住這一點，有別人在時，我就不能跟你說話。」他們一走到走廊，克萊兒就低聲跟凱斯說。

凱斯知道這點。

「而且我不能隨意跟著你走，」克萊兒接著說：「除非我獲得允許可以自己走動，不然我得跟班上的同學一起行動。」

「喔。」凱斯回應道，他不知道這點。

「但是現在只剩我們兩個人了，」克萊兒說：「所以告訴我什麼線索吧。」

凱斯告訴克萊兒那個男孩在圖書館發生的事，還有上面寫著「幽靈」的紙團。

　　「聽起來很像是強納森。」克萊兒在兩人經過轉角時說。

　　現在他們在圖書館門口了，「今天早上，我聽到有人在走廊上叫他『幽靈男孩』。」

　　「我們必須知道那張紙上寫了什麼，妳要進去找出他放在垃圾桶裡的那張紙。」凱斯說。

　　克萊兒左顧右盼走廊兩端，她說：「好吧，但是我們要快一點，如果蓋薇爾老師發現我不在廁所而是在圖書館，我就麻煩大了。」

　　現在圖書館裡沒其他人，凱斯帶著克萊兒到垃圾桶的地方。

　　「就在那裡面。」

克萊兒把手伸進垃圾桶裡，然後抓出好幾個紙團。

　　「不是那張紙。」當她把第一個紙團打開來時凱斯這樣說。

　　她把紙團丟回去，打開另一張紙。

　　「也不是那張紙。」

　　克萊兒打開了第三個紙團。

「就是這張！」凱斯一看到上面寫的「幽靈」字大喊。

克萊兒把紙團放在腿上然後將紙攤平，接著她拿起來看上面寫了什麼。她皺著眉頭說：「這是讀書心得報告，或應該說是開頭，書名叫做『麥克家的幽靈』。」她把那張紙丟回垃圾桶裡。

「所以這不是線索？」凱斯問。

「不是。」克萊兒說。

凱斯失望地哀嚎，「我翻遍學校的每個角落，但是沒有找到其他幽靈或是線索。」

「我們需要更多線索，」克萊兒說：「我會在吃午餐時去跟強納森說話，是他看到幽靈，也許我們可以在他身上找到一些線索。」

＊　＊　＊　＊　＊　＊　＊　＊　＊　＊　＊　＊

學校禮堂現在變得很吵雜，更多學生聚集，凱斯不得不往上飄，飄到靠近天花板的炙熱燈光附近，這樣才不會有人穿越他。

克萊兒拿著托盤站在禮堂的中間，四處張望找尋強納森。

「他在那裡！」凱斯指著獨自坐在遠方角落的男孩，「那就是我在圖書館看到的男生。」

克萊兒點點頭，「他就是強納森沒錯。」她朝著他走過去。

「我可以坐在這裡嗎？」克萊兒把餐盤放在桌上時問了強納森。

凱斯就飄在兩人上方。

強納森驚訝地抬頭看克萊兒，「我想可以吧。」他聳聳肩說了這句話，然後繼續吃午餐。

克萊兒坐了下來，「我聽說你昨天試鏡時看到了幽靈。」她邊打開牛奶盒時邊說。

強納森感到不耐煩，他說：「我知道妳不相信有幽靈。」

「不，我相信！」克萊兒馬上回答：「我真的相信有幽靈。」

「真的嗎？」

克萊兒點點頭，「我之前也有看過幽靈喔。」她打開背包然後拿出她的幽靈記錄本，「你看，」她一邊把筆記本推向餐桌的另一邊，一邊說：「這些都是我看過的幽靈。」

強納森打開了記錄本，然後仔細地看了每一頁。

「跟我說說你看到的幽靈。」克萊兒攪拌著餐

50

盤上的馬鈴薯泥時說道。

　　凱斯覺得馬鈴薯泥很有趣，他知道那叫食物，踏地人會吃食物，但是不論何時，只要克萊兒的餐盤上有馬鈴薯泥時，她都會把薯泥攪成一座山丘和小火山，而且直到克萊兒把它們吃下肚前都會保持這種狀態。

　　強納森把筆記本推回給克萊兒後說：「她不像記錄本裡面的任何一種幽靈。」

　　「她？」克萊兒說：「所以這個幽靈是女孩？」

　　「比較像是女士了。」強納森說。

　　「她的長相？」克萊兒把餐盤推開，然後從背包中拿出一枝鉛筆，接著翻開記錄本，停留在空白頁上。

「比較像是一位媽媽。」強納森說。

像我媽媽嗎？凱斯心想。

「她是白色的，有點藍藍的。」強納森繼續說，「或是藍色的發著白光，閃閃發亮。」

「她在發光！」凱斯大聲驚呼。

這表示強納森看到的是真的幽靈，而且就是想要讓強納森看到。幽靈若不想要讓踏地人看到自己，就永遠不會發光。

克萊兒在幽靈記錄本上畫了一張臉問道：「她的頭髮長怎麼樣？」

「捲捲的。」強納森回答，他叉了一塊肉往嘴裡塞。

「像這樣嗎？」克萊兒在幽靈的肩膀旁畫了長長的螺旋狀捲髮。

「不是，比這還短。」強納森說，他的嘴巴裡塞滿了嚼到一半的食物。

「而且她髮根的頭髮是直的。」

克萊兒在圖上畫了個叉，接著翻到另一個空白頁畫了一張新的臉孔，「像是這樣嗎？」新臉孔額頭兩旁有著濃密的捲髮。

「沒錯。」

「她那時候穿著怎麼樣的衣服？」克萊兒問。

「我不確定，」強納森說：「一般媽媽會穿的衣服吧，褲子和 T 恤……對了！她戴著一條項鍊，上面有顆大愛心。」

「我媽媽就戴著有著大愛心的項鍊。」凱斯說道。

克萊兒在幽靈身上畫了愛心狀的項鍊。

「比這個還大。」強納森說。

克萊兒把愛心用橡皮擦擦掉，然後把愛心畫得更大一點。

「對，就像這樣。」強納森說：「她也戴了大大的耳環，而且形狀跟鑰匙很像。」

凱斯簡直不敢相信自己聽到了什麼，「我的媽媽也戴著鑰匙形狀的耳環！」他喊了出來，有多少幽靈女士會戴著這種耳環呢？

強納森看到的一定是凱斯的媽媽，**一定是！**

「妳問他在哪裡看到幽靈的。」凱斯對克萊兒說。

「你在哪裡看到這個幽靈的呢？」克萊兒問。

「就在上面，」坐在椅子上的強納森轉過身子，指向紅色的舞台布幕。「她飄過那個布幕，還有繞過房間一圈，接著就消失了。」

凱斯飄到舞台，「媽媽？」他一邊呼喊一邊朝布幕下方衝過去。「媽媽，妳在這裡嗎？」他已經找過這裡了，但是他只有查看過底下，沒有搜索過上面。

凱斯慢慢飄升到天花板的位置，他沒有看到其他幽靈，但是他的確看到了有個東西飄在空中。

一顆珠子，散發著微弱青光的幽靈珠子。

這顆珠子跟凱斯媽媽戴著的項鍊一模一樣。

第五章

來自幽靈的警告

凱斯抓住珠子後就緊緊地握在手心裡。

「媽媽！」他喊道，找遍所有地方。

「媽媽！」

凱斯飄回布幕下方，穿過禮堂到了走廊，「媽媽！是我，凱斯，妳在哪裡？」

「你找到她了嗎？」克萊兒來到走廊上，問了凱斯。

走廊上沒有其他踏地人，所以凱斯可以放心地

跟克萊兒說話，「沒有，但是我找到這個。」他張

開手心好讓克萊兒可以看見幽靈珠子。

「這是從我媽媽項鍊掉下來的。」

克萊兒的眼睛睜得好大，「你在哪裡找到

的？」

「就在布幕另一邊的天花板。」

克萊兒的眼睛睜得更大了，「那就是強納森昨

天看到幽靈的地方，他一定是看到了你媽媽。」

「我也是這麼想。」凱斯說。

克萊兒微笑說：「那你還在走廊上飄來飄去做什麼，快點去找她吧！」

「好！」凱斯說，他把珠子放進口袋裡然後飄走了。

「媽媽？」他飄過一條又一條的走廊，「媽媽？妳在這裡嗎？」

但是儘管凱斯聲聲呼喚，他的媽媽都未現身，而且哪裡都沒看到她。

他再一次查看每間教室，也查看過圖書館、查看過每間廁所，甚至連門上貼著「女廁」的地方都去過了，他不斷地呼喊著媽媽。

但是就是沒看到她，也沒有看到其他幽靈。

這或許代表了一件事，他的媽媽已經不在克萊兒的學校了。

所以她到底去了哪裡呢？凱斯心想。

是不是不小心被風從打開的窗戶吹了出去？還是強納森把她嚇跑了？還是她刻意跑到外面？也許她跟凱斯一樣，也在找尋其他家族成員。也許她跑到外面是為了讓風帶她去別的大樓。

響亮的鐘聲響起，走廊四周教室的門**碰碰碰的**一間間打開，孩子傾巢而出。凱斯真的很討厭鐘聲，他飄到天花板不讓任何人不小心穿越他身體，他的手緊緊地握著口袋裡的幽靈珠子。

學校的課程結束了。

凱斯沿著天花板移動，直到他看到克萊兒，她站在置物櫃旁，把一疊紙放進背包裡。

克萊兒對著凱斯微笑，她轉身背對著走廊其他學生，然後對凱斯小小聲地說，「你找到你媽媽了嗎？」

凱斯搖搖頭，「我覺得她已經不在這裡了。」他悶悶不樂地回答。

「我為你感到難過。」克萊兒說。

＊ ＊ ＊ ＊ ＊ ＊ ＊ ＊ ＊ ＊

凱斯把幽靈珠子握在手中，然後看向禮堂的窗戶外。他差點就能找到媽媽了，就差這麼一點。

他不敢去外面找媽媽，誰知道風會把他帶往何處？失去家人已經很糟了，他不想也失去克萊兒。

相反地，他在禮堂內飄盪，看正為話劇準備的孩子，他們分成了兩組：第一組是演員，第二組是幕後工作人員。

克萊兒和其他演員坐在一起，他們把兩張大桌子併在一起，然後大聲朗讀自己的台詞。幕後工作人員則圍坐在另一張桌子，討論著他們需要的道具和需要搭建的場景，以及如何搭建場景。

　　哈特霍恩老師在兩組人員間來回走動。

　　「我們需要一把劍。」一名穿著紅衣的男生說，他是幕後工作人員小組。

　　「一把劍？」綁著馬尾的女生抬頭看著他說，「要用來做什麼？」

「傑克才可以跟巨人打鬥啊！」那名男生回答：「這用得著說嗎？」

「我們需要為傑克和媽媽打造一棟房子，」另一名女生說，她轉向哈特霍恩老師，「我們可以用《糖果屋》的房子嗎？我在後台看到了那些道具。」

「當然可以，肯雅，」哈特霍恩老師回應：「我們在好幾齣話劇中用過那棟房子，下次我們排練前，我會先在舞台上把它架好。」

「我們也要做豆莖才可以，」一名戴著眼鏡的小男生說道：「豆莖應該不難做，我們需要一根柱子，然後從色紙上剪下一推樹葉，貼在柱子上。瞧！這樣就有豆莖啦。」

「好主意，伊森，」哈特霍恩老師說：「有沒有人寫下來呢？」

「我來寫。」留著馬尾的女生說，她從椅子下拿出筆記本。

「琪亞，謝謝妳。」哈特霍恩老師說

「我來製作劍！」穿著紅色 T 恤的男生說：「把這件事寫下來。」

琪亞翻了一個白眼，「諾亞負責製作劍。」她邊說邊同時寫了下來。

就在此時，舞台上頭的方形箱子發出了劈啪

64

聲，箱子裡傳出人聲，「哈特霍恩老師？」

「是的？」哈特霍恩老師回答道。

凱斯飄向箱子。

「可以請您來辦公室一下嗎？」那個人問：「有一通電話找您。」

凱斯想要看箱子裡頭，**裡面有人嗎？**很可惜，他看不到箱子裡頭，但他也很確定自己不會想要穿越箱子找出誰在裡面。

哈特霍恩老師繞著迷宮般的桌子邊緣，離開時對孩子們說：「我馬上回來。」但是他快要走到門口時，差點就撞上了一位跑進禮堂的女孩。

「喔，安柏，我很抱歉。」哈特霍恩老師對那名女孩說。

那名女孩就是凱斯早上在儲藏室看到的人，那

個不喜歡在後台工作的人。

「今天早上我不小心把東西留在儲藏室了，」
她對哈特霍恩老師說：「可不可以請您打開儲藏室
呢？」

「我現在必須先去接通電話，我可以給妳鑰匙
讓妳打開儲藏室。」哈特霍恩老師說著，一邊摸索

著自己的口袋，他皺了皺眉頭，「我的鑰匙在哪裡呢？妳今天早上有還給我嗎？」

「有。」安柏說。

「鑰匙在這裡！你把鑰匙放在我們的桌子上了。」諾亞揮了揮手中的一串鑰匙。

「妳去跟諾亞拿吧。」哈特霍恩老師離開禮堂時跟安柏說道。

諾亞把鑰匙丟向安柏，然後她往舞台方向走去。演員們又開始念稿，幕後工作人員也回座繼續討論製作道具的事。

突然之間，後台傳出了一道尖叫聲。

大家紛紛轉頭看。

「安柏？」琪亞跳起來大聲喊道：「妳還好嗎？」

孩子們穿越禮堂跑上了舞台，直接衝到了布幕後方，凱斯就飄在大家的頭上方。

「誰在開玩笑嗎？」安柏指著儲藏室後方的的牆說。

牆上畫著一雙恐怖的眼睛，而且還用發著青光的奇怪材質畫上去的。眼睛下方寫著一段話：

小心，我在這裡，看著你們。

而且好多字的顏料開始沿著牆面往下流。

「誰在這裡？」克萊兒問：「誰在看著我們？」

「鬼──啊！」諾亞說。

安柏用手肘推了推他，她問：「這是你做的嗎？」

「我？」諾亞大笑，「什麼時候？」

「剛剛啊，」安柏說：「哈特霍恩老師的鑰匙就放在桌上，在你面前。」

「我一直在討論道具的事耶，」諾亞說：「倒是安柏妳呢？妳是那個遲到的人。哈特霍恩老師的鑰匙就放在那裡，誰都有可能放在桌上，妳也不例外！況且，妳可以從妳爸爸的油漆店裡拿到油漆，甚至還不用自己買呢！」

「我今天早上就把鑰匙還給哈特霍恩老師了，」安柏說：「我遲到是因為我還要去交通路隊，隨便問一個人就知道，我一直到五分鐘前都還在外面，而且我爸爸開油漆店也不能證明什麼，你甚至連牆上是不是油漆都不確定吧？」

伊森摸了小心的「小」字，他舉起髒掉的手指給大家看，「不管這是什麼，現在摸起來還是濕的。感覺黏黏的，可能是螢光黏液。」

「我們來看看是不是真的能在黑暗中看到這段

話。」諾亞說，他撥動電燈的開關，整間房間暗了下來。

「啊——！」好幾個孩子一看到在黑暗中發著光的詭異警語和恐怖眼睛，便發出淒厲的尖叫聲。

「快把燈打開！快把燈打開！」有個人大叫著。

克萊兒打開電燈開關，房間重現光明。

「你知道我是怎麼想的嗎？」諾亞說。

「什麼意思？」好幾個小孩問了同樣的問題。

「這是幽靈・的・血！」諾亞衝向強納森時大喊道：「是幽靈男孩看到的幽靈寫了這段話！」

強納森往後退了一步。

「噁！」其中一個女生小聲地叫了出來。

「看起來真的很像幽靈的血。」琪亞小小聲地說。

克萊兒研究了牆上的文字，「才沒有幽靈血。」凱斯對她說。但是他必須承認恐怖的雙眼和顏料未乾的文字，跟幽靈發光時的顏色相同。

「幽靈男孩，你的幽靈是不是又回來了？」伊森問強納森。

「嗚～～～～～～～」好幾個小孩高舉雙手假裝成幽靈的樣子，其他人跟著笑了。

強納森的臉慢慢變紅。

「發生了什麼事？」哈特霍恩老師從後方走過來，「你們怎麼聚在後台這邊？」當他看到幽靈的字時下巴緊繃，他問：「是誰寫的？」然後掃視每

一個學生。

大家沉默無語。

哈特霍恩老師皺著眉說：「好，如果沒有人要出來承擔責任，大家都得去清潔室拿打掃工具清除牆上的字。」

「全部的人嗎？」伊森說：「就算不是我們做的，全部的人都要把牆上的字清理掉？」

「對。」哈特霍恩老師說：「今天的排練到此為止。」

第六章

幽靈重返

「所以，有帶回任何走失的幽靈嗎？」貝奇在圖書館門口看到凱斯和克萊兒時說。克萊兒把水壺的蓋子扭開，凱斯飄出來膨脹成正常的大小。

凱斯的幽靈狗和克萊兒的踏地貓蹦蹦跳跳地來迎接他們。

克萊兒搔了搔索爾的耳朵。

「沒有。」凱斯悶悶不樂地說，他揉了揉科斯

莫的肚子。

「我們需要談談這件案子。」克萊兒走向工藝室時說，凱斯、貝奇和科斯莫跟在她身後。

克萊兒坐在桌子前，「凱斯，我不知道你怎麼想，但我覺得強納森看到的是真的幽靈。」

凱斯同意。

「而且我認為他看到的幽靈可能就是你的媽媽。」克萊兒說。

凱斯也同意這一點。

「但是你搜過整棟學校卻沒找到她。」克萊兒繼續說。

「那是因為她已經不在學校了。」凱斯說。

「嗯⋯⋯一開始我也是這麼想，直到放學後看到那些字。」克萊兒說。

「那些字不是我媽媽寫的。」凱斯說，他的媽媽絕對不會在牆上畫詭異的眼睛和寫下恐怖的話。

「什麼字？」貝奇問。

「有人在學校的牆上寫『小心，我在這裡，看著你們』。」克萊兒說：「我們不知道是誰寫的，可能是幽靈做的。」

「那才不是幽靈做的。」凱斯說。

克萊兒打開包包抽出她的線索記錄本，「先讓我們把所有跟這件案子有關的事都寫下來。」她接著：「紀錄我們現在可以確定的事，這樣或許會有點頭緒，知道是誰寫的。」

凱斯和貝奇盤旋在克萊兒的頭上，她寫下：

1.強納森昨天在禮堂看到幽靈。

2.凱斯找到了一顆媽媽的項鍊珠子。

是在強納森看到幽靈的地方附近找到

的。

　　貝奇問：「你找到了你媽媽的珠子？」

　　「對。」凱斯把手伸到口袋然後拿出一顆幽靈

珠子。

「你怎麼確定這就是你媽媽的珠子？」貝奇想要伸手拿珠子，但是凱斯緊握著它。

「我就是知道。」凱斯回答，把珠子放回口袋裡，當時他一看到這顆珠子，就知道這是他媽媽的東西。

克萊兒繼續寫著：

3. 有人畫了兩隻眼睛並且寫下「小心，我在這裡，看著你們。」用……

克萊兒抬起頭來，「我們不知道他們是用什麼材料畫的，可能是油漆或是幽靈血。」

「什麼幽靈血！」貝奇嗤之以鼻，「才沒有什麼幽靈血。」

「我也是這樣告訴她的，」凱斯說：「但是那些字的確會發光，你知道的，就跟幽靈發光時一

樣。」

克萊兒加上一句話：

用某種材料，我們不知道是什麼。

然後她繼續寫下第四點，「我們確定儲藏室鎖住了。」她邊寫邊大聲唸了出來。

「但是哈特霍恩老師的鑰匙在桌子上，」凱斯說：「有個叫做安柏的女生，她認為是名叫諾亞的男生拿走了鑰匙然後寫上那些話，但諾亞認為是安柏寫的。」

克萊兒放下她的鉛筆然後往後靠著椅背，「大家都有機會拿走哈特霍恩老師的鑰匙然後寫下那些話。或者……也有可能是幽靈穿過門或牆壁寫的。」

凱斯不認為寫下那些字的是幽靈，但是他不想

跟克萊兒爭論這件事。

「明天你應該要再跟我去一次學校，找出更多線索。」克萊兒對凱斯說。

「不行，」貝奇搖著頭說：「絕對不可以，凱斯已經休息一天沒練習幽靈技巧了，不能再放一天假。」

「貝奇，你知道嗎？」克萊兒手插著腰說：「你又不是凱斯的老闆，如果他想要跟我去學校，他當然可以去！」

「沒錯。」凱斯說，他決定明天如果他能再跟著克萊兒去學校，他要試著找出儲藏室牆上的字是誰寫的，他也許還能找到更多媽媽項鍊上的珠子。

＊　＊　＊　＊　＊　＊　＊　＊　＊　＊

　　隔天，克萊兒上課時，凱斯在她的學校裡搜查

其他線索，還有項鍊珠子。

但是他沒有找到任何線索或珠子。

放學後，他再次看著克萊兒排練話劇，今天紅色的布幕打開了，台上正中央還有一棟小房子。**傑克的家。**凱斯繞著房子飄了一圈，他看到房子後面是敞開的空間，感到很驚訝。

演員們在舞台上走來走去，照著劇本唸出台詞，哈特霍恩老師常常中斷演員，並且告訴他們要站在哪裡和需要做的事。

「場景四，」哈特霍恩老師喊道：「強納森，我要你從右方進入舞台，克萊兒妳從左方進入舞台。」

凱斯看著強納森和克萊兒從兩個不同的方向走上舞台。

「克萊兒，我們先從妳的台詞開始練。」哈特霍恩老師說。

「傑克⋯⋯」克萊兒開口說道，突然她皺眉轉過頭看，「那是什麼噪音？」

「那不是妳的台詞。」一名紅髮女孩瞇著眼看手中的劇本說。

「我知道，」克萊兒說：「我是認真的，那是什麼噪音？你們沒有聽到嗎？聽起來像是音樂。」

所有人安靜下來，開始聽是什麼聲音，的確很像音樂，而且是鋼琴彈奏，從後台的某個地方傳過來的。

克萊兒走向舞台後方，跟著音樂聲。其他的人，包含哈特霍恩老師和凱斯也都尾隨著克萊兒。

突然間，克萊兒停下腳步，遙遠的另一端擺著

一台很高的鋼琴，鋼琴上的琴鍵自己跳動著。

「沒有人在彈那台鋼琴。」伊森說。

「嗯哼，」強納森瞪大了眼睛說：「是幽靈在彈鋼琴！」

凱斯沒有看到其他的幽靈。

「嗚 ── ！」諾亞假裝成鬼的聲音說：「小心，我在這裡……正看著你們……」

克萊兒生氣地瞪著諾亞，然後走近強納森，「你真的在那邊看到鬼了嗎，強納森？」

「沒有，」強納森承認說：「但是我之前在這邊看過一個幽靈。」

好幾名小孩子偷偷竊笑。

「我真的看到了。」強納森堅持說道，接著他走到人群的後方。

「沒有所謂的幽靈，」哈特霍恩老師說，一邊大步走向鋼琴，「這是一台自動演奏鋼琴，它會自己播放音樂。」他的手在鋼琴邊緣摸索，然後音樂停止了。「你們看，我剛把音樂關掉了，現在，我想知道是誰打開的。」

孩子們互視著，沒有人說話。

「沒有人要承認嗎？」哈特霍恩老師問。

「我甚至不知道那是一台自動演奏鋼琴。」安柏說。

「也許學校裡真的有幽靈。」伊森聳聳肩說。

「世界上沒有所謂的幽靈。」哈特霍恩老師說。

凱斯很討厭踏地人這樣說，因為那樣就像在說世界上沒有所謂的踏地人一樣。

84

孩子們慢慢走回到原本在舞台上的位置，但是在他們撿起剛剛丟下的劇本前，禮堂後方的小房間出現一道光線照射在舞台上。

有些孩子們瞇起眼睛，其他的人則是舉起手遮擋刺眼光線。

「是誰打開了聚光燈？」哈特霍恩老師問，他跳下舞台快步走到禮堂後方，「是不是有人在控制室裡面搗蛋？」

哈特霍恩老師伸手轉動門把，但是門是鎖著的。

第七章

意外的新技巧

哈特霍恩老師用鑰匙打開了控制室的門，然後走進裡面。凱斯跟在老師身後窺視房間內，他沒有看到任何人在房裡，任何幽靈或踏地人。

哈特霍恩老師關掉了聚光燈，然後查看了控制台下方和門後，他甚至檢查了控制室後方的衣櫃。他站在衣櫃前方許久，這點有點奇怪，因為櫃子顯然是空的。

　　諾亞抓起他從紙板剪下來的劍到處揮舞，「如果學校裡面出現了幽靈，我會找到它，然後用這把魔劍刺死它！」

　　凱斯打了個冷顫。

「不准刺人，」哈特霍恩老師說：「也不准再提到幽靈。」

「噢。」諾亞發出不滿的聲音。

凱斯不太喜歡諾亞，他不喜歡諾亞嘲笑強納森的樣子，而且他真的很不喜歡諾亞剛剛說的，找到「幽靈」然後刺死它的事。凱斯知道諾亞看不見他，不過他還是決定離諾亞愈遠愈好。

* * * * * * * * * * *

當天晚上，克萊兒在工藝室寫作業，同時間凱斯正跟貝奇練習他的幽靈技巧。

「幽靈有辦法打開自動演奏鋼琴或是聚光燈嗎？」克萊兒問。

「當然可以，」貝奇回答，「這只不過是移動踏地物品而已，凱斯，快展示給她看，過去那邊把

檯燈關掉。」

「我做不到！」凱斯哀號，貝奇知道他辦不到。

「試試看。」貝奇堅持。

凱斯飄到桌子上方，他開始用力瞪著檯燈。

「凱斯，加油，」克萊兒鼓勵他，「你辦得到的。」

凱斯屏住呼吸，咬緊牙關，將全身的能量都傳到手指上，他的手伸向開關，但他的手指穿過了檯燈的底部，「你們看吧。」

「再一次，」貝奇命令，「再試一次。」

凱斯嘆了一口氣，他捏捏口袋內的幽靈珠子，希望它會帶來一點好運，然後又再度伸手摸開關。

「專注一點！」貝奇說。

「我很專注啊！」凱斯大聲地說，他專注到眼前的檯燈都模糊了，他再一次嘗試用手指觸碰開關，但是這一次神奇的事發生了。

檯燈從踏地世界消失了。

凱斯、克萊兒和貝奇都瞪大眼睛，他們還是看得見檯燈，雖然檯燈已經不是踏地物品了，然而，他們可以透視飄在半空中的燈。但是檯燈已經不是黃色了，而是跟凱斯、貝奇和凱斯口袋裡的珠子一樣，呈現青色的光澤。

「你怎麼辦到的？」克萊兒和貝奇齊聲問道。

「我……不知道。」凱斯一時結巴。

「不，我說真的，」貝奇用很嚴肅的語氣說這句話，同時他也飄在幽靈檯燈旁，**「你到底是怎麼做到的？」**

「我不知道。」凱斯再說了一遍。

「可以復原回去嗎？」克萊兒問。

「可以再做一次嗎？」貝奇問。

「我不知道！」凱斯舉手投降，「我不知道我怎麼做的，我不知道能不能復原回去，我也不知道自己能不能再做一次。」

「嗯，首先，你何不試試看把檯燈變回踏地物品？」貝奇提議。

「怎麼做？」凱斯問。

「我不確定，」貝奇說：「我從未看過這種幽靈技巧。」

「真的嗎？」凱斯驚訝地看著貝奇。「你是說，你也沒辦法做到？」他露齒一笑，「我學會了一種你辦不到的技巧？」

「這個嘛，」貝奇嗤之以鼻，「如果你不能隨意施展，我可不會說這是一種幽靈技巧。現在你到底可不可以把檯燈還原回踏地世界？」

既然凱斯不知道自己是如何讓檯燈從踏地世界中消失，他也不知道自己能不能還原物品，他把手放在檯燈上，非常用力集中精神，然後用念力想把物品還原回去。

什麼事都沒發生。

「你可以讓其他東西也消失嗎？」貝奇問，「像是這張桌子？」

「不可以！」克萊兒說，用身體護著桌子，「如果有張大桌子不見，大家一定會知道，而且也可能發現檯燈不見了，如果你要把東西變不見，就要是大家不會想念的東西，比如說這根鉛筆。」她

舉起鉛筆。

凱斯用力地瞪著鉛筆然後慢慢地伸手抓住鉛筆，**_專注……專注……專注……_**他在腦中專注想著。

但是鉛筆還是踏地物品的樣貌，而且凱斯的手穿過去了。

「克萊兒？」凱倫奶奶從工藝室門外探頭進來，「妳寫完作業了嗎？」

凱斯屏住呼吸，等著看凱倫奶奶是否會注意到失蹤的檯燈，不過要是她真的注意到了什麼，她也什麼都沒說。

「是的，我寫完作業了。」克萊兒說。

「很好，」凱倫奶奶微笑地說：「那就跟妳的幽靈朋友說晚安吧，現在差不多該上床睡覺了。」

「凱斯，晚安。」克萊兒說，然後跟著凱倫奶奶走上樓梯。

貝奇纏著凱斯一整夜不斷問他：「你能不能讓這本書消失？如果是牆上這幅圖畫呢？要不要試試把雙手都放在物品上。好，不然只放一隻手看看好

了，你有沒有在專心啊？」

「我有啊！」凱斯大喊：「但是我不想再專心了，如果你真的這麼想知道施展這個技巧的方法，你怎麼不自己試試看！」

凱斯還要思考別的事情，像是媽媽到底去哪裡了？是誰在儲藏室牆上寫了那段話？還有是用什麼材料寫那些字的？以及是誰把禮堂的自動演奏鋼琴和聚光燈打開來的？

第八章

後台麻煩
層出不窮

第二天早上，貝奇還是想盡辦法了解如何讓物品消失在踏地世界。

「你讓檯燈不見時離它多近？」貝奇問凱斯，「你是飄在上方還是飄在旁邊？你是身體往下還是正對著檯燈？

「我不知道！」

「你怎麼會不知道！」貝奇大聲地說，一邊扯著自己的頭髮。

「你當時也在啊，」凱斯一語道破，「如果你都不記得，怎麼會期望我記得？」

「因為你是成功施展這個技巧的人！」

「早安。」克萊兒開心地說，她走進工藝室加入凱斯和貝奇的行列。

「早安。」凱斯說。

貝奇不高興地哼了一聲。

凱斯飄向克萊兒，「我今天可以跟妳一起去學校嗎？」他飄近克萊兒時在她耳邊小聲地說，他需要遠離貝奇讓耳根清靜一下。

「當然可以，」克萊兒說：「你應該要來學校，我們還沒有解決後台幽靈的案子，除非破案為止，否則我們不能停止調查！」

所以凱斯和克萊兒去了學校，當克萊兒忙著上

課時，凱斯在走廊飄來飄去……進出各間教室。

他沒有找到任何線索，但是他在空蕩蕩的走廊上發現了一個紙團，他飄過去試著撿起來，不過他的手還是穿過去了。

他試著讓紙團從踏地世界消失，所以他用力地盯著紙團，然後再度伸手抓紙團。

他的手又再度穿過去了。

我昨天在工藝室到底是做了什麼，讓檯燈從桌上消失的呢？

正當他在思索這個問題時，後方教室傳來熟悉的聲音，「我不知道我的科學課本在哪裡。」

凱斯飄到門口想看看是誰在說話。

原來是安迪，那個要在話劇期間在控制室工作的男生。

「這一整個星期你都沒帶科學課本。」那位老師對安迪說，她看起來不是很開心。

　　「我知道，」安迪說，他用鞋尖踢著地板，「我也想知道課本在哪裡。」

＊　＊　＊　＊　＊　＊　＊　＊　＊　＊　＊

　　到了午餐時間，凱斯飄在克萊兒和強納森附近，正當他們在講話時，諾亞偷偷跟到強納森後頭，然後大喊：「哇！」

　　克萊兒和強納森兩人都嚇了一大跳。

　　「嚇到了吧，幽靈男孩！」諾亞大笑，「你跳得好高！」

　　「不要再叫我『幽靈男孩』了。」強納森說。

　　「幽靈男孩，幽靈男孩……」諾亞轉身走開時還繼續調侃地說。

「你這樣非常不友善！」克萊兒對著諾亞大喊。

「沒有人對我友善過，」強納森說：「除了妳之外。我念三年級時，大家都叫我嘔吐男孩，因為我曾在學校吐過一次，其實幽靈男孩還算好聽了。」

「不，才不是這樣，」克萊兒說：「大家根本不應該這樣亂取綽號。」

凱斯也同意，他希望他可以讓其他小孩不要再叫強納森「幽靈男孩」。但是他能怎麼辦？他只是個幽靈而已。

然後他想到了一個點子，他不確定管不管用，反正值得一試。

凱斯飄到諾亞旁邊，然後開始……對他的頭髮

吹氣。

　　神奇的事發生了，諾亞耳朵旁的頭髮飄起來一點點。

　　凱斯再度對著諾亞的頭髮吹氣，這一次諾亞伸手把一部份的頭髮整理好。

　　凱斯再度吹氣，這次更用力了。

　　諾亞打了個冷顫接著轉過身，好像想搞清楚到底是什麼東西讓他頭髮亂飛。

諾亞離開禮堂時，克萊兒對著凱斯偷笑。

凱斯覺得心滿意足，他也許還沒找出拿起踏地物品或讓踏地物品消失的方法，但是他找到了一種可以移動踏地物品的方式。

* * * * * * * * * * * *

當天下午哈特霍恩老師在排練剛開始時說：「今天我想要讓大家試穿戲服，安柏和肯雅之前已經檢查過所有戲服，我在衣服上別上了名字給指定的表演者，衣服就掛在儲藏室的衣架子上。」

克萊兒和其他表演者走到布幕後面。

凱斯在禮堂等著，他看到幕後工作人員將豆莖拼湊起來，就在傑克的房子旁。

幾分鐘之後，表演者緩慢走回舞台，但是沒有一個人穿著戲服。

哈特霍恩老師驚訝地看著他們，「發生了什麼事？」他問。

「我們的戲服不見了。」克萊兒說。

哈特霍恩老師站了起來，「妳說戲服不見是什麼意思？怎麼可能所有的戲服都不見了呢？」

「真的不見了。」強納森搔著耳朵說。

其他的孩子也點頭附和。

「安柏？」哈特霍恩老師喊道：「戲服在哪裡？不是掛在儲藏室嗎？」

安柏繞著布幕轉了一圈查看，「之前還在這裡的，」她說：「但是現在不在了。」

哈特霍恩老師嘆了口氣，「有人知道戲服到底在哪裡嗎？」

「嗚～～」諾亞發出鬼的聲音，同時在強納森

旁邊舉起雙手假裝要抓住他。

「不要再鬧了！」哈特霍恩老師斥責，諾亞馬上把手放下來。「我不知道到底是誰裝神弄鬼，但是現在就給我停止這種行為。如果週末之前戲服還沒出現，我就要取消這齣話劇。」

有幾個孩子倒抽了一口氣。

「沒戲服就不能上台表演，」哈特霍恩老師說：「今天的排練結束了。」

「我不希望哈特霍恩老師取消話劇。」克萊兒在大家離開後對凱斯說。

凱斯也不希望哈特霍恩老師取消話劇。

「我們必須查出這裡到底發生了什麼事，」克萊兒說：「我們來看看能不能找到任何線索。」

凱斯一整個星期都在找尋線索，**學校裡沒有**

任何線索，他心想。但是他不知道還能怎麼辦才好，所以他跟著克萊兒在禮堂各處查看。

他們先偷偷查看了上鎖的控制室。

控制室內看起來很正常。

他們接著到舞台和布幕後面，「儲藏室的門大概也上鎖了。」克萊兒說，一邊檢查著門。

沒錯。

「我們想要搜查的房間都上了鎖，這樣太難找到線索了。」凱斯說。他跟著克萊兒回到舞台，當他飄過豆莖時，他注意到傑克房子後方的地板上有條窄窄的間隙。

凱斯飄回去仔細端看。

「嘿，克萊兒，」他喊道，雙手在空中揮舞，「快點過來看看這裡。」

克萊兒走過去，「那是什麼？」克萊兒跪下來將手指伸進間隙裡然後往上一拉。地板上的板子開始移動。

　　克萊兒拉得更用力，她把板子往旁邊扳開直到不能移動為止……然後看到了舞台底下的祕密通道。

　　「哇！」克萊兒驚呼。

「不知道下面有什麼。」凱斯說，探頭看進黑漆漆的通道。

「我們下去看看吧。」克萊兒把手伸進包包找出手機，她打開手機的燈光照亮通道。「這樣光線應該夠亮了，讓我們可以看清楚。」她邊說邊踏進入口。

「妳確定我們該走下去嗎？」凱斯問：「要是我們被困住怎麼辦？」

「放心，我們不會被困住啦。」克萊兒說。

凱斯很難放心。

「來吧，」克萊兒揮手，「我想要把門板關上，這樣其他人才不會發現通道。」

明知道這樣做不太理智，凱斯還是飄下去，然後克萊兒將門板從兩人頭頂上關起來。

他們走在一條又暗又窄的通道裡，克萊兒用手機燈光四處探照，然後光線停在距離樓梯不遠處的金屬桶。

「那是什麼？」凱斯問，飄近了一點。

克萊兒在金屬桶前蹲下來查看標示，「這是螢光油漆。」

「看起來跟儲藏室牆上的字，材質一樣。」凱斯說。

「油漆好像來自彼得油漆店，」克萊兒說。她站起身，「我們來看看這裡還有什麼東西。」她把手機舉在前方，然後繼續走向通道深處。

幾分鐘後，他們看到一個很大的紙箱，克萊兒的手機光線就照在箱子裡成堆的戲服上。「嘿，我覺得這些就是我們失蹤的戲服，」她邊說邊用另一

109

隻手翻看箱子的東西，「這件上面有強納森的名字，這件有蘇菲亞的名字，還有這件上面有我的名字，等我們找出通道的盡頭有什麼，再回來拿這些戲服。」

他們沿著通道走到一個角落，盡頭是另一座樓梯，克萊兒沿著扶手走上了樓梯，樓梯頂端又是另一道關上的門。

「這扇門大概也鎖住了。」她說，伸手握住門把。

令兩人意想不到的是門把輕易地就轉開了。

第九章

逮個正著！

克萊兒把門推到底然後踏進另一間房間。

凱斯飄在她身後，這個房間看起來很熟悉。

「我們在控制室。」克萊兒環視一圈後說。

凱斯轉身看剛才兩人進來的門，「我以為那是衣櫃。」他說。

「它的確是衣櫃，」克萊兒說：「只是後面有個祕密通道的衣櫃，我想這可以解釋我們的『幽

靈』（她用雙手比出引號強調了幽靈兩個字）為什

麼可以在門上鎖時，跑到這裡打開聚光燈。」

「所以妳覺得那個幽靈其實不是真的幽靈

嗎？」凱斯問。

「我不認為。」克萊兒搖搖頭。

終於，凱斯心想。

「現在問題是，誰是這個幽靈？」克萊兒問。

「安柏？」凱斯猜測，「她之前穿著彼得油漆

店的上衣，諾亞說她可以從爸爸的店拿到油漆。我猜她爸爸的店就是彼得油漆店。而且，她很失望自己不能參加話劇的演出。我聽到她跟另一名女生說她從未獲得角色，而且她覺得一直在後台工作對她很不公平。」

「嗯，聽起來是動機，」克萊兒在小小的控制室內來回踱步，「況且……噢！」她差點因為一樣東西而絆倒，「這是什麼？」她低頭往地板看。

「一本書。」凱斯說，他飄下仔細看書名，《科學世界》。

「書內應該有寫是誰的書。」克萊兒說。

凱斯伸手摸向書的封面，**專注**，他告訴自己，**集中精神然後打開書**。但是他的手還是穿過了書。

「我來拿，」克萊兒撿起書，「我猜這一定是安柏的書。」她打開封面，眉頭驚訝地上揚。

「是安柏的書嗎？」凱斯問。

「不是，」克萊兒搖頭說：「這是安迪・詹森的書。」

凱斯很困惑，「這表示『幽靈』是安迪而不是安柏嗎？」他還記得安迪弄丟了自己的科學課本。

「我不知道。」克萊兒說。

凱斯想不到安迪在牆上留警告或是打開鋼琴和聚光燈的理由，而且他也想不透安迪何時可以做出這些事，安迪根本沒有參加任何一場排練。

「也許安柏拿走安迪的科學課本，然後故意留在這裡，好讓安迪背黑鍋？」克萊兒推測。

「也許科學課本根本和這一切沒關係，」凱斯

說：「也許安迪只是在跟哈特霍恩老師說話的那天，不小心把書本留在控制室？」

「可能吧，」克萊兒說，她把安迪的書放進背包，「我明天會跟安迪和安柏談一談，然後看看我們能發現什麼。」

「聽起來是個好計畫。」凱斯說。

克萊兒打開門，然後她和凱斯走進禮堂，控制室的門在他們身後鎖上。

凱斯可以感覺到他們就快要破案了。

✳ ✳ ✳ ✳ ✳ ✳ ✳ ✳ ✳ ✳ ✳

隔天早上，克萊兒到學校前先去等安迪，凱斯安全地飄在克萊兒身上的水壺裡。

「嗨，安迪，」克萊兒叫住他，把手中的科學課本拿給他，「這是你的書嗎？」

安迪的臉亮了起來，「對！」他緊握著書說：

「妳在哪裡找到書的？我到處找了好久。」

　　「我在控制室找到書的。」克萊兒說。

　　「嗯？一定是哈特霍恩老師跟我介紹環境的時

候，我留在裡面的。」

安迪準備轉身離開時，克萊兒叫住了他，「你知道舞台和控制室之間有個祕密通道的事嗎？」她問道。

安迪緊張地四處張望，然後傾身靠近克萊兒小小聲地說：「那妳知道舞台和控制室之間有個祕密通道的事嗎？」

「也許喔。」克萊兒說，專注地瞪著他。

安迪也回瞪著她。終於，他打破兩人間的沉默，「如果妳真的知道通道的事，第一，妳不是聽我說的，第二，我建議妳不要告訴哈特霍恩老師妳知道祕密通道的事。」

然後他就走掉了。

＊　＊　＊　＊　＊　＊　＊　＊　＊　＊　＊

克萊兒那天沒辦法跟安柏說到話，因為安柏生

病待在家裡。

「我猜今天排練時不會有更多裝神弄鬼的事情發生了。」凱斯說。

「如果安柏是那個幽靈的話，就不會有了。」克萊兒說。

放學後，哈特霍恩老師指示所有演員和幕後工作人員坐在禮堂的桌子前，凱斯就飄在他們上方。

「我看得出來戲服還沒回來。」哈特霍恩老師失望地說。

噢，不！凱斯想，他飄下去對克萊兒低聲說：「昨天我們本來要在離開前回到祕密通道拿戲服的！」

克萊兒微微點頭。

凱斯可以感覺得出來，她對他們忘記這件事也

感到很失望。

克萊兒舉起手，「我有預感明天戲服就會回來了，最遲週一也會出現。」

這要看安柏生病多久而定，凱斯心想。

「如果是幽靈拿走的就不會出現了，」諾亞指出，「如果是幽靈拿走的，我們可能永遠看不到戲服了。」

「不要再提到幽靈了，」哈特霍恩老師說：「克萊兒，我希望妳沒說錯，我希望戲服能回來，因為我真的不想取消話劇演出。我們開始排練吧。」

演員安靜地在舞台上就定位，前半段的排練毫無問題地順利結束。

忽然間，控制室的聚光燈又亮起……而且伴隨

著大聲的 「嗚～～」 ，幽靈的哭嚎聲響徹整個禮堂。

哈特霍恩老師氣惱地把劇本丟到半空中，所有的孩子從舞台上或桌子旁跑向控制室，除了克萊兒。

「結果安柏不是那個幽靈，」凱斯跟克萊兒說：「所以到底是誰呢？」

「我要去查清楚。」克萊兒邊說邊走向傑克的房子。

凱斯跟著她。

房子後方的門板打開了幾公分寬。**有人在祕密通道裡！**

當哈特霍恩老師要開控制室的門鎖時，諾亞對克萊兒大喊：「嘿，克萊兒，妳在做什麼？」

控制室內的主要燈光亮起，聚光燈被關掉了。

然後大聲的「嗚～～」，幽靈哭嚎聲停止了。

　　克萊兒沒有回答，因為她目不轉睛地盯著地板

的裂縫。

　　「對啊，克萊兒妳在看什麼？」伊森問。

　　有幾個孩子跑回舞台圍在克萊兒旁邊，舞台地

板上的門同時也滑開了。

第十章

皆大歡喜

「搞什……麼……」當強納森的頭從地板探出來時，伊森說。

「強納森，你在做什麼？」諾亞大喊：「你就是幽靈嗎？」

強納森僵住了。

「我以為安柏才是幽靈，」克萊兒說：「不過你才是那個在舞台和控制室來回穿梭的幽靈，強納森？你是打開聚光燈和聲音的人？還有那天的自動

演奏鋼琴也是你？」

　　強納森不敢直視大家，「對。」他坦承道，他爬出通道然後坐在地板上。

　　「也是你在牆上寫那些字的嗎？」琪亞問。

　　「哈特霍恩老師的鑰匙就在桌子上，」強納森說：「我趁沒人看的時候拿走鑰匙，然後再放回來。」

　　「也是你把戲服藏起來的嗎？」諾亞問。

強納森點點頭，他指向通道底下，「戲服就在下面。」

「強納森，你怎麼會知道通道的事？」哈特霍恩老師從圍觀的人中間走過來時問，「我們好幾年沒用過通道了，我甚至不認為這群人裡面有人知道這件事。」

「我哥哥告訴我的。」強納森回答道。

哈特霍恩老師在強納森旁彎下腰問：「強納森，為什麼要這樣做？」並把一隻手放在男孩的肩膀上，「你是話劇中的要角之一，為什麼還要做這些事？」

「因為我真的在試鏡那天看到了幽靈，但是沒有人相信我，現在大家都因為這件事一直嘲笑我。」強納森抬起目光，「我沒有惡意，只是想要

大家不要再嘲笑我了。哈特霍恩老師，你不會真的取消話劇吧？」

哈特霍恩老師沒有馬上回應。

「如果你不再讓我扮演傑克，我也能理解，但是請不要取消話劇。」強納森說。

哈特霍恩老師揉了揉下巴後說：「我不會取消話劇。」

「太好了！」大家歡呼。

「你也可以繼續扮演傑克……前提是你保證不會再製造更多後台的麻煩事，還有向跟你一起排練的夥伴道歉。」哈特霍恩老師說。

「我向你保證。至於大家，我很抱歉。」強納森說。

「很好，而且我有理由相信大家再也不會嘲笑

你了。」哈特霍恩老師邊說邊盯著諾亞瞧。

「當然不會。」諾亞說，用手肘推了推伊森。

✳ ✳ ✳ ✳ ✳ ✳ ✳ ✳ ✳ ✳ ✳ ✳ ✳

幾週後，凱斯和克萊兒、她的媽媽、爸爸，以及凱倫奶奶一起去了學校，他們是晚上開車出發的。

凱斯喜歡坐在車裡，這就像待在第二種水壺一樣，凱斯覺得很有安全感，不用擔心外面。

當他們把車停在學校時，克萊兒的媽媽說：「親愛的，加滿油！」凱斯覺得很奇怪，為什麼克萊兒的媽媽要對她這麼說呢？

「我會的！」克萊兒抓住水壺跑向學校，等他們安全抵達禮堂後就讓凱斯從水壺裡出來。然後她就去換上戲服。

很多孩子已經換好戲服了，幕後工作人員忙上忙下，確認所有道具都沒有問題。

「嘿，幽靈男孩！」諾亞用紙劍刺強納森時喊道。

「你不應該亂玩道具劍，」強納森說：「而且也不應該再嘲笑我了。」

諾亞竊笑，「你要怎麼阻止我啊，幽靈男
孩？」他又用紙劍挑釁強納森，「哼，你可以
嗎？」

　　強納森試著從諾亞手中奪下紙劍，但是諾亞在
強納森碰到前就往後退了一步。

　　凱斯希望諾亞嘗點教訓，不再欺負別人，所以

他飄過去，伸手拿紙劍，然後……他從諾亞的手中奪走紙劍了！

諾亞和強納森兩人盯著浮在空中的紙劍。

但是沒有人比凱斯自己更驚訝了。

「我做到了！」凱斯開心地大叫：「我握住踏地物品了！」**如果貝奇可以看到這一幕就好了。**

不過當他一這麼想，紙劍就從凱斯手中穿越，滑落掉在地板上。

「你們剛才看到了嗎？」諾亞在其他幾個孩子聚過來時問。

「有啊，笨手笨腳。」伊森笑了一聲說：「看來你連紙劍都握不住。」

諾亞不覺得這句話很好笑。「我感覺到有人或

有東西從我手中搶走紙劍。」

「像是什麼？」強納森問：「是幽靈嗎？現在看看誰才是幽靈男孩？」

克萊兒走向他們，「我錯過了什麼事嗎？」她一邊把戲服的圍裙綁在腰上，一邊問那群男孩。

「你們明明有看到，」諾亞大喊出來：「那把劍就浮在半空中！」

「對⋯⋯諾亞，當然嘍。」強納森說，然後和伊森一起走開了。

諾亞撿起紙劍然後把它跟其他道具放在一起，「明明就有啊！」他追著強納森和伊森時堅持地說。

剩下凱斯和克萊兒兩人了。

「我跟妳說妳錯過了什麼事。」凱斯說，他飄

向桌子然後撿起紙劍。

　　克萊兒倒抽了一口氣說：「哇！凱斯，真是太

棒了，我就知道你一定能學會撿起踏地物品，我就

知道！」

「謝謝妳。」凱斯說，接著紙劍掉到桌子上。

現在但願他能學會更多幽靈技巧，然後找到他的家人。他相信自己有天一定能辦得到。

直到那天到來，他會繼續練習幽靈技巧以及和克萊兒待在一起。誰知道下一次他們又會遇到哪種案子呢？

國家圖書館出版品預行編目資料

鬧鬼圖書館3：幕後搞鬼 / 桃莉·希列斯塔·巴特勒（Dori Hillestad Butler）作；奧蘿·戴門特（Aurore Damant）繪；范雅婷譯. -- 臺中市：晨星，2018.07
　　冊；　公分.--（蘋果文庫；95）
　　譯自：The Ghost Backstage #3 (The Haunted Library)
　　ISBN　978-986-443-453-4（第3冊：平裝）

　　874.59　　　　　　　　　　　107006320

蘋果文庫 95

鬧鬼圖書館 3：幕後搞鬼
The Ghost Backstage #3 (The Haunted Library)

作者｜桃莉·希列斯塔·巴特勒（Dori Hillestad Butler）
譯者｜范雅婷
繪者｜奧蘿·戴門特（Aurore Damant）

責任編輯｜呂曉婕
封面設計｜伍迺儀
美術設計｜張蘊方
文字校對｜陳品璇、呂曉婕
詞彙發想｜亞嘎（踏地人、靈靈棲）

創辦人｜陳銘民
發行所｜晨星出版有限公司
行政院新聞局局版台業字第2500號
E-mail｜service@morningstar.com.tw
晨星網路書店｜www.morningstar.com.tw
法律顧問｜陳思成律師
郵政劃撥｜15060393（知己圖書股份有限公司）
讀者專線｜04-2359-5819#212
印刷｜上好印刷股份有限公司

出版日期｜2018年7月1日
再版日期｜2023年11月1日（二刷）
定價｜新台幣160元

ISBN 978-986-443-453-4
This edition published by arrangement with Penguin Workshop, an imprint of Penguin Young
Readers Group, a division of Penguin Random House LLC.
The Ghost Backstage #3 (The Haunted Library)
Text copyright © Dori Hillestad Butler 2014
Illustrations copyright © Aurore Damant 2014
Complex Chinese edition copyright © 2018 MORNING STAR PUBLISHING INC.

蘋果文庫 悄悄話回函

親愛的大小朋友：

感謝您購買晨星出版蘋果文庫的書籍。歡迎您閱讀完本書後，寫下想對編輯部說的悄悄話，可以是您的閱讀心得，也可以是您的插畫作品喔！將會刊登於專刊或FACEBOOK上。

★購買的書是：闖鬼圖書館3：幕後搞鬼

★姓名：＿＿＿＿＿＿＿＿＿＿　★性別：□男 □女　★生日：西元＿＿＿＿＿年＿月＿日

★電話：＿＿＿＿＿＿＿＿＿＿　★e-mail：＿＿＿＿＿＿＿＿＿＿＿＿＿＿＿＿＿＿＿＿

★地址：□□□＿＿＿＿＿＿ 縣/市＿＿＿＿＿＿ 鄉/鎮/市/區

＿＿＿＿＿＿ 路/街＿＿ 段＿＿ 巷＿＿ 弄＿＿ 號＿＿ 樓/室

★職業：□學生/就讀學校：＿＿＿＿＿＿　□老師/任教學校：＿＿＿＿＿＿＿＿＿＿

□服務 □製造 □科技 □軍公教 □金融 □傳播 □其他＿＿＿＿＿＿＿＿

★怎麼知道這本書的呢？

□老師買的 □父母買的 □自己買的 □其他＿＿＿＿＿＿＿＿＿＿＿＿＿＿＿＿＿＿

★希望晨星能出版哪些青少年書籍：（複選）

□奇幻冒險 □勵志故事 □幽默故事 □推理故事 □藝術人文

□中外經典名著 □自然科學與環境教育 □漫畫 □其他＿＿＿＿＿＿＿＿＿＿＿＿＿

★請寫下感想或意見

線上簡易版回函
立即火速填寫！

407　台中市工業區30路1號

晨星出版有限公司

TEL：（04）23595820　　FAX：（04）23550581

e-mail：service@morningstar.com.tw

http://www.morningstar.com.tw